Décryptages

Odile ANIZET

Décryptages

Textes narratifs

© 2023 ODILE ANIZET

Édition : BoD - Books on Demand, info@bod.fr

Impression : BoD - Books on Demand, In de

Tarpen 42, Norderstedt (Allemagne)

Impression à la demande

ISBN : 978-2-3224-7492-9

Dépôt légal : mai 2023

Aux femmes, si fortes en dépit de tout,

Aux hommes, si fragiles en dépit de tout…

« Je ne trempe pas ma plume dans un encrier mais dans la vie ».

Ainsi parlait Blaise Cendrars.

Un photographe ou un peintre pourrait dire quelque chose d'approchant et c'est ce à quoi je m'attache aussi en décryptant à ma manière ces œuvres picturales. Vous, lecteurs pourriez faire de même : vous entreriez alors dans la complexité de l'âme humaine, celle des autres d'abord mais aussi la vôtre, n'en doutez point !

Bonne lecture et bon voyage…

Odile Anizet

Partie 1

Où l'on voit que le destin est parfois cruel.

« Tous les malheurs de l'homme viennent de l'espérance. »

Albert Camus

Miroir, mon beau miroir

Femme devant son miroir

William Hodgkins

1952

Mon Dieu que j'ai mauvaise mine ce matin ! Il faut dire que la nuit a été courte, une fois encore. Une nuit ponctuée de musique, de verres et de flirt innocent, si tant est qu'un flirt le soit !

Un bar, des bars, des boîtes de nuit class mais de moins en moins class au fil de la soirée, des rencontres improbables mais aussi prévisibles, des approches cousues de fil blanc ou tout à fait délicates pour un même résultat : une sensation profonde d'écœurement. Est-ce cela que je veux faire de ma vie ? Comment en suis-je arrivée là, à rester plantée devant ce miroir et me plaindre de ma mauvaise mine ?

Le pire dans tout cela c'est que mes souvenirs sont loin d'être clairs aujourd'hui. J'ai même gardé aux pieds mes escarpins et cela me semble prouver la gravité de la situation de la veille : je ne sais pas ce que j'ai fait, ni avec qui. Comment je suis rentrée chez moi est un mystère. Mais, en définitive, si je suis là, c'est qu'il n'y a pas eu mort d'homme. Enfin, pas que je m'en souvienne ! Je me dis parfois en sortant dans la rue que je serais bien à mal de reconnaître mes « partenaires de jeu », si bien que je baisse ostensiblement la tête, porte lunettes noires, chapeau ou turban plutôt que la chevelure longue et bouclée que j'arbore lors de mes sorties de gala ou de fête. D'autant que les paparazzi me guettent. Ils cherchent à savoir où j'habite, avec qui, mais William fait tout pour préserver mon intimité. William, c'est mon agent. Pas mon petit ami, non, il préfère les garçons. William me permet de sortir mais seulement en soirée. Je suis libre de faire ce que je veux mais incognito : une perruque, des lunettes, du fond de teint pour dissimuler le tatouage si reconnaissable. Pourtant je vois bien que cette liberté m'est néfaste. Je ne comprends pas pourquoi il me laisse faire ainsi. Au début de ma carrière, il y a deux ans, il m'accompagnait, renvoyait les harceleurs, me protégeait des quémandeurs et autres pique-assiettes. J'étais rayonnante alors, je portais haut la tête, savais draper mon joli corps de robes chics et originales. Je faisais la une des journaux, les réseaux sociaux m'adulaient. J'étais heureuse dans cette vie toute nouvelle. J'avais des propositions de tournage et certains grands acteurs savaient qui j'étais, moi, la petite actrice de sitcom. La série avait un succès incroyable, en dépit de la faiblesse du scénario mais l'histoire d'une petite jeune fille de milieu modeste qui devient une star, c'est toujours une histoire passionnante ! Et puis ce titre ! Bellissima ragazza ! Je trouvais à l'époque qu'il me convenait tout à fait : tous les regards étaient tournés vers moi et cela renforçait ma quasi-certitude d'être la plus belle ! J'étais au sommet de ma gloire.

Mais ce matin- enfin, il est quatorze heures-, je ne sais plus où j'en suis. William est absent pour quelques jours et il me semble qu'hier soir, j'ai rencontré quelqu'un qui a sous-entendu qu'il l'avait vu : il n'était pas seul mais accompagné d'une certaine Brigitte, une belle blonde. Cela aurait dû me mettre la puce à l'oreille mais j'avais déjà bien entamé ma bouteille de vodka.

Sale mine ! Et si je relevais mes cheveux avec ce foulard de Maman ? Que dirait-elle, ma chère maman, de sa petite fille chérie, sa Dolly en sucre d'orge, son adorable enfant ? Mais Maman est loin ; Maman ne voit que l'endroit de la pièce, la belle face dorée à la célébrité, à la gloire et à l'argent. Pauvre Maman, si elle me voyait… Que verrait-elle ?

Une jeune femme qui se fane à la lueur de bougies qui ne font plus briller ses yeux tant ceux-ci sont déjà las de tout ! Une jeune femme qui se fuit en s'évadant dans la luxure, l'alcool et le drogue, hypothéquant ainsi son avenir et même peut-être sa carrière ! On n'est jamais préparé à la célébrité. On ne s'attend pas à ce double sentiment de peur mais aussi de soif de reconnaissance : un paradoxe qui pousse à prendre les risques que l'on estime nécessaires alors qu'il faudrait laisser faire les choses tout en dressant des garde-fous. Mais à vingt ans, quels garde-fous peut-on dresser quand la vague de la gloire s'empare de vous et vous lie au sentiment d'un accomplissement toujours recherché et jamais atteint ? Comment lutter contre la joie d'être aimée, reconnue, désirée, admirée même ? Comment ne pas aller trop loin quand on n'est encore qu'une enfant à la recherche d'idoles ?

Hélas, il faut bien continuer. Relever ses cheveux pour paraître plus belle, faire briller au citron les yeux qu'on ourlera d'un trait de khôl, lisser ses traits d'un patch et sourire au miroir qui bientôt renverra l'image idyllique de la petite star d'un jour.

Indiscrétion

Pandora

John William Waterhouse

1896

Il m'a semblé à mon réveil que ce jour serait particulier. D'abord, la tourterelle avait chanté plus tôt que d'habitude et John William n'était pas là, parti sur ses terres visiter ses métayers. C'est un homme possessif : ses terres, ses métayers, son domaine, ses « gens », sa femme -moi-, ses chiens, ses trophées de chasse et son coffre secret et ce, dans un ordre incertain.

« Ce qui est à moi n'est à personne d'autre », m'a-t-il dit à mon arrivée ici. Pour le dire autrement, rien de ce qui est à moi n'est à vous, Madame. Ne l'oubliez jamais ! Ce qui veut dire que vous ne vous occupez de rien, que vous ne touchez à rien de ce qui n'est pas à vous. J'ai mis à votre disposition des appartements et mes gens sont à votre service. Demandez-moi ce que vous voulez d'autre et vous l'aurez. Et surtout, ne touchez jamais au coffre de bois brun qui se trouve dans ma chambre. Jamais au grand jamais : vous en perdriez ma confiance et par là tout privilège. »

J'ai demandé et j'ai eu : somptueuses toilettes, lingerie fine tel ce vaporeux déshabillé bleu indigo que je porte aujourd'hui, bijoux, livres et Sacha, un magnifique persan aux yeux d'or. Un félin, un vrai, indomptable et capable de tout, aussi bien de ronronnements veloutés et de chants voluptueux que de patte griffue quand l'heure n'est plus à la caresse. Si j'ai tout, j'avoue que je m'ennuie un peu : je passe mes journées à tisser, broder ou faire de la musique, dans une magnifique demeure où circulent sans bruit des domestiques.

Je vais dans le jardin. Il fait beau et l'air du matin effleure mes épaules dénudées : une douce sensation, comme un frôlement divin. Ma peau frémit d'un plaisir nouveau ; je sens monter en moi un besoin de liberté : j'ai envie de danser, de m'allonger sur l'herbe, d'offrir mon corps au soleil qui se lève. Je me cambre, pousse un soupir d'aise, même si j'ai un peu chaud. Et soudain, devant moi, le coffre !

Posé sur une roche près du ruisseau qui chante, il trône sur ses quatre pieds crochus dans sa robe de bois brun. Que fait-il là ? Qui l'a mis là ? Et pourquoi ? Est-ce John William qui veut me mettre à l'épreuve ? Est-ce le diable qui l'a changé de place pour me tenter ? Méfiante, je m'approche. Tout bien-être m'a quitté. Naissent en moi la crainte de la transgression et une terrible envie de franchir le pas. Je m'agenouille, juste devant l'objet, y pose mes mains, en caresse la rugueuse matière tout en en humant l'odeur musquée de santal. J'y pose la tête et reste ainsi un instant, sans qu'aucune pensée ne m'habite. Rien, rien qu'une surprenante sensation de vide, d'absence. Je suis absente au monde, sorte d'être inclassable. Suis-je encore humaine ou seulement faite d'argile et d'eau[1] ? La curiosité, exacerbée par l'interdit, me pousse à lever la ferrure mais je m'arrête : la jalousie s'empare de moi, face à la peur de découvrir

---

[1] Zeus a conçu Pandora à partir d'argile et d'eau

les secrets de mon époux : quelles femmes a-t-il aimé avant moi ? Les a-t-il plus aimées que moi ?

Ouvrir le coffre ? Et que dirai-je à John William ? Quel mensonge devrai-je inventer ? Je pourrais dire que j'ai tenté de remettre le coffre à sa place, qu'il est tombé et s'est ouvert. Oui, mais il me demanderait ce qui s'en est échappé ! Et puis, le coffre doit peser lourd ! Du bois ! Quel présomption de penser que je peux le porter ! Accuser un domestique alors, ce benêt de Georges qui m'espionne quand je parais à la fenêtre de ma chambre. Mais si j'ouvre le coffre, je saurai, n'est-ce-pas ? Toutefois, si je sais, qu'est-ce que cela changera à ma vie ? Suis-je prête à prendre le risque de tout perdre ? Et si je gagnais tout ? Ne vaut-il pas mieux que je retourne aux travaux de tissage que j'ai commencés hier ?

J'hésite ; mes mains tremblent un peu.

Juste lever le couvercle, quelques centimètres à peine ; jeter un bref coup d'œil et refermer, dans un souffle. Ma main gauche s'empare de la ferrure, la droite du couvercle et…mon geste s'arrête.

Non, ne pas regarder. Ne rien toucher et rentrer. Ose, me dit une petite voix. Ainsi tu saurais ; tu n'aurais plus peur de lui. Tu lui montrerais que tu ne crains pas sa colère !

Je regarde autour de moi. Il n'y a rien. Rien que le ruisseau qui gazouille. J'y vais, allez ! J'entrouvre le coffre, lentement, comme si le démon allait en sortir.

Il n'y a rien.

Le coffre est vide.

Il sent la cire d'abeille et le santal.

Je recule, stupéfaite ; je me blesse au doigt. Puis je quitte en courant le jardin et me réfugie dans le salon de musique d'où bientôt s'élèvent quelques notes de clavecin. Mon mari ne saura rien, me dis-je, puisque je n'ai rien pris, et rien vu !

Mais au soir venu, John William me convoque au salon : le coffre a disparu. Ne l'ai-je point vu ? J'explique qu'au cours de ma promenade, je l'ai trouvé dans le jardin. J'en ai été fort étonnée mais j'ai pensé qu'un domestique…Je m'enfonce dans le mensonge. J'use de charmes que je pense irrésistibles pour endormir la méfiance de mon époux. Mais du sang coulant de ma blessure a taché le bois et je suis confondue.

Au matin, je trouve le coffre dans mon boudoir. Terrifiée, je l'ouvre et y trouve mes quelques biens et ce mot :

« La curiosité, malgré ses attraits, coûte souvent bien des regrets[2]. Partez avec ce coffre. Je vous l'offre ! »

Des domestiques entrent qui s'emparent du cadeau et le mettent dans la calèche qui bientôt m'emmène.

---

[2] Charles Perrault dans Barbe Bleue

Il arrive….

Marpassa

Ferdinando Scianna

1980

Il arrive !

J'ai entendu la corne de brume du ferry et je sais qu'il sera bientôt là. Deux années sans le voir, sans humer l'odeur de ses cheveux, sans sentir son corps contre le mien, sans entendre son rire ébouriffé. Et sa voix, oh sa voix ! Chaude, suave, enveloppante, rassurante. Et comme j'ai hâte de poser mes doigts dans le creux de son cou, là où la peau si fine palpite d'émois qui ne se disent pas encore !

Deux ans d'absence loin de moi mais aussi loin de cette île. Tout ça pour un pays, tout ça pour un homme dérangé qui se croit le maître du monde et trouve en notre duce un acolyte empressé, tout ça pour cette guerre lointaine qui nous enlève nos hommes.

Je n'en veux pas de cette guerre ; comme j'en suis éloignée ! Je veux Ferdinando, mon époux, c'est tout ce que je veux. Je veux marcher à ses côtés dans les genêts en fleurs qui tachent d'or les flancs escarpés de nos montagnes, courir avec lui sous les châtaigniers, manger des poulpes grillés aux herbes fines en buvant de l'ansonica ; je veux qu'il revienne, seulement qu'il revienne.

Ils ont dit qu'ils rentraient, nos hommes, que la guerre n'avait plus besoin d'eux. Aurions-nous de la chance ? Plus que ceux qui vivent sous les bombes, ces familles déchirées, séparées, meurtries de faim et de chagrin, dont les maisons détruites s'empilent en tonnes de gravats ? Plus que ceux qu'on déplace, qu'on torture, qu'on exile ? Plus que ceux qui combattent sans trop savoir pourquoi ? Serons-nous toujours épargnés ? Et si demain, la guerre arrivait jusqu'ici ? Et si demain, Portoferraio croulait sous les tirs ennemis ? Et si, comme ailleurs, les uniformes gris se mêlaient aux chemises noires ? Ce monde est fou et nous n'y pouvons rien !

J'ai passé à la hâte le manteau noir qu'il aime tant sur la jupe grise qui me sert de vêtement d'usage, relevé mes cheveux en un chignon bas. Je glisse dans le petit matin, comme portée par un flux qui me dépasse et je dévale l'escalier, quelque peu interdite. Il sera là, bien sûr et je vois son sourire ; je sens ses bras autour de moi et la rudesse de sa vareuse encore mouillée d'embruns ; nous remontons ensemble, enlacés et les marches ne sont plus innombrables, elles nous servent de tremplin vers notre maison, tout là-haut, vers notre chambre, vers notre lit.

La corne de brume lance à nouveau son cri. Quelle impatience ! Serions-nous en retard pour accueillir nos valeureux soldats ?

Au détour du chemin, la mer, étale, métallique, hypnotique. Quel magnifique pays que le nôtre, façonné par mille peuples, conquis, abandonné, vendu parfois ! Au loin, la demeure de l'empereur, perchée sur sa colline. Que penserait-il, ce guerrier, du bouleversement du monde ? N'est-il pas lui aussi coupable comme les autres ?

J'arrive, je suis tout près du port. Le vent m'a décoiffée mais qu'importe ! Il m'aimera quand même. Et si quelques rides ont creusé mon visage, je reste la même, moi, Maria Scianna, femme de pêcheur et femme de soldat. Je cours vers le bateau ; la foule est déjà là : des épouses, des enfants, des vieux. Comme ils ont l'air fébrile ! Et heureux !

Soudain je m'arrête ; je me souviens alors et mon ventre se crispe : j'ai oublié la lettre, celle que, depuis ce matin, j'ai glissé dans ma poche et qui y fait un bruit sinistre, celle que j'ai ouverte sans en voir autre chose que ces mots implacables : « mort au combat ».

Un jour mon prince viendra…

Marathon de Vilnius

Antanas Suktus

1959

16

Il va venir. Il a dit qu'il viendrait. Il serait là, à midi. Surtout qu'elle ne s'inquiète pas. Il n'est jamais vraiment en retard, elle le sait. Oh, peut-être deux ou trois fois mais elle doit comprendre qu'il a une vie un peu, comment dire, compliquée, oui, c'est cela, compliquée.

Elle s'est levée très tôt, a entrepris de nettoyer de fond en comble son appartement. Celui-ci est bien situé, dans le vieux quartier de Saint Paul. Oh, il n'est pas très grand, deux petites chambres, une minuscule salle de bain, une cuisine qui donne sur un salon bien exposé. La lumière y est belle dès le matin, entrant à flot pour inonder la pièce et nimber d'argent les quelques meubles sombres qu'elle a hérités de sa grand-mère. C'est ici que celle-ci l'a élevée après le départ de son père. Sa mère elle, est morte en couches. A l'époque, c'était encore très courant. On n'écoutait pas la douleur des femmes, on ne prenait pas en compte leur ressenti. Aussi quand la jeune femme de trente ans avait pensé mourir, personne n'avait entendu. Un ventre de béton, un enfant qui se noie dans une mer de sang puis l'hémorragie, soudaine, imprévue, inattendue ; et la mort qui rode et emporte mère et enfant.

Elle n'avait compris que plus tard la fuite désespérée de son père. Un jour il était là, avec sur les genoux la fillette de six ans qu'elle était alors, si jolie fillette qui bientôt ne s'assiérait que sur un fauteuil vide, vidé de son occupant chéri. Le lendemain, évaporé, inaccessible, la laissant avec au creux du ventre un gouffre et au fond du cœur un trou. Sa grand-mère était sèche et dure. Elle avait pris en main l'éducation de sa petite-fille, une éducation sans grande tendresse mais les enfants devaient-ils être préservés des affres de la vie ? Jamais elle n'avait entendu parler de ses parents. Ils n'étaient plus là ; c'était le passé qu'il fallait repousser, bien loin. Seul l'avenir comptait. Un jour, la dame disparaîtrait ; en attendant, elle se faisait un devoir d'armer sa pupille pour lui permettre de construire une existence supportable.

On en était là. Elle en était là. Sa grand-mère était morte il y a quelques années. La vie s'était organisée : un travail de professeur dans une institution privée où les jeunes filles apprenaient à tenir une maison tout en picorant dans la littérature quelques brides d'un monde inaccessible ; deux ou trois collègues avec qui elle allait parfois au cinéma ; l'appartement où elle vivait sans joie jusqu'au jour où il était apparu.

Quelques passants dans la rue. Au loin, le clocher de l'église. Il a sonné douze coups, il y a déjà dix minutes au moins. La lumière est blanche, presqu'aveuglante. Et si elle ne le voyait pas venir ? Elle se penche un peu plus. Un photographe qui la verrait de dos noterait la tresse brune enroulée sur la nuque, l'oreille petite et délicate ornée d'une boucle, la posture du corps comme un élan vers le coin de la rue, les deux mains claires fermement accrochées à la dentelle noire de la balustrade ; une certaine grâce, mais tendue dans l'attente ou l'angoisse naissante.

Et s'il ne venait pas ? S'il s'était trompé de jour ? Elle lui a bien dit deux fois au moins qu'elle l'attendait samedi, ce samedi-là afin qu'il puisse enfin la connaître dans son intimité. Elle lui ferait à manger, de ce gâteau de foie qu'on déguste avec des quenelles de brochet plongées dans la sauce onctueuse ; une recette de sa grand-mère, a-t-elle ajouté. Et des œufs à la neige car il les aime, sinon il le lui aurait dit, non ? Puis on irait au Parc ; on marcherait côte-à-côte dans les larges allées ; on pourrait se donner la main et aller contempler les roses. La roseraie en mai est si belle. Peut-être irait-on ensuite à la ménagerie ? Elle n'aimait pas voir les animaux déambuler dans leurs enclos ou leurs cages, la mine triste ou l'œil résigné. Quand elle réfléchissait à sa vie, bornée par un quotidien morne que seuls les rires de ses élèves illuminaient par instants, elle trouvait qu'ils se ressemblaient. Pourtant, n'était-elle pas libre d'aller où elle voulait ? Qu'est-ce qui la retenait de vivre pleinement sa jeunesse ? Les conventions ? L'éducation qu'elle avait reçue, faite de peurs et d'interdits ?

Ensuite, on rentrerait boire un thé ou autre chose : elle avait spécialement acheté une bouteille de whisky- c'est ce qu'il buvait l'autre jour - ; il restait aussi un peu de marc de Bourgogne, souvenir d'un grand-père qu'elle avait peu connu. Et qui sait, il la prendrait dans ses bras pour l'emmener vers d'autres rivages.

Elle rentre dans le salon, inspecte une fois encore la table mise, une table ronde garnie d'une nappe d'un blanc immaculé. Des assiettes de porcelaine fleurie, les couverts en argent disposés comme il se doit, des verres à pied finement ciselés, salière, poivrière, et au centre quelques fleurs de saisons rapportées du marché. Peut-être lui offrira-t-il un bouquet de roses rouges ? Auquel cas, elle a sorti le vase rond en baccarat serti d'argent. Son regard se porte sur la table basse où trône la bouteille de whisky. Oh elle n'y connaît rien, aussi a-t-elle écouté les conseils du vendeur. Celui-ci est très bien, un peu cher, peut-être, mais la qualité se paie ! Tout est prêt : amuse-gueule dans des coupes de cristal sur le napperon de dentelle, toasts de foie gras au frais.

Un bruit dans la rue, une porte s'ouvre, celle d'en bas ? Elle court à la fenêtre, tente d'apercevoir l'entrée de l'immeuble. Ce sont les voisins du premier, une famille, un couple, un petit garçon aux boucles blondes, un landau où dort une fillette dont elle a l'autre jour admiré la minuscule frimousse assortie d'une paire d'yeux de jais. Aime-t-il les enfants ? Ils n'en ont pas parlé. C'est un peu tôt quand même ! Elle s'imagine pourtant, le ventre rond, la mine heureuse et lui à ses côtés, attentif et prévenant en futur père responsable.

Une silhouette au loin, c'est lui. Elle rentre, s'observe dans le miroir : un joli minois, a-t-il dit ; c'est vrai qu'elle est jolie. Elle esquisse un sourire, réajuste sa coiffure, court à sa chambre devant le miroir en pied, lisse sa jupe, redresse le col sombre de son corsage, revient rapidement à la fenêtre. Personne. Il doit monter alors ! Un coup d'œil à gauche : la silhouette s'éloigne dans la rue.

L'horloge de l'église sonne deux coups : midi et demi. Il est en retard ! Une urgence de dernière minute ? Les médecins peuvent avoir des imprévus, même le samedi ! A moins qu'il n'ait oublié ?

Non, c'est impossible. Il y a tant de complicité entre eux, même s'ils ne connaissent que depuis… Combien de temps déjà ? Deux semaines au moins ! C'était un mardi, elle s'en souvient bien car le mardi, elle termine ses cours à dix heures. Elle sortait du collège, toute pimpante dans sa robe légère, heureuse du printemps enfin là. Les enfants avaient été attentifs et plutôt agréables. Pas de chahut comme chez monsieur Louis, ça non, cela n'existait pas dans sa classe. Elle était appréciée et savait, pensait-elle, mobiliser l'attention. Elle se retrouva dans la rue. Un petit vent frais jouait dans la corolle de sa robe, dévoilant les jambes qu'elle avait fines et musclées. Un coup d'œil à droite, un pas virevoltant de l'autre côté et soudain le choc ! Les chocs, se dit-elle ensuite. Un bras qui la retient, l'empêchant de tomber, un regard bleu acier qui la transperce alors qu'elle cherche à ne pas tomber, puis un sourire plein de bonté.

—Heureusement, je suis arrivé à temps, lui dit-il.

Son cœur à elle bat à tout rompre, de frayeur d'abord puis d'une émotion nouvelle qui lui vrille le ventre et lui engourdit l'esprit. Elle se reprend pourtant.

—Merci monsieur, lui dit-elle en repoussant son aide ; je vais y arriver.

Léger mouvement de recul du monsieur puis :

—Docteur Suktus, à votre service. Vous n'avez rien ?

—Merci monsieur, répète-t-elle, sans rien trouver d'autre à dire, comme hypnotisée : un très bel homme brun, de son âge environ ; une certaine prestance et surtout un regard ! Comment dire ce regard ? Encore aujourd'hui elle n'y arrive pas, là, postée à sa fenêtre.

Elle frissonne : le temps de mai est encore frais. Rentrer ? Pousser la fenêtre ? Non, elle veut le voir venir, comme une espionne, admirer son allure de jeune homme, entrevoir sous le bord du chapeau l'éclair bleu du regard, sentir son impatience dans le rythme de son pas.

Il a eu un empêchement. Voilà ; et le téléphone, une fois encore, est en dérangement. Elle s'empare du combiné : tout semble parfait. Alors quoi ? Elle retourne à la fenêtre, se penche un peu plus, étudie chaque passant, tente de reconnaître l'homme qu'elle attend. Ne pas laisser le désespoir l'envahir ! Espérer. Il va arriver.

La sonnerie retentit. La voilà statufiée, incapable du moindre mouvement. Aller vers le téléphone, prendre le combiné, le mettre à son oreille et écouter. Elle hésite. Et si ce n'était pas lui ? Elle ne veut personne que lui ! Et si c'était lui ? Alors, l'espoir de vivre enfin une passion sans borne peut s'évanouir ! La sonnerie se prolonge. Il faut bien répondre. C'est lui, sûrement, il prévient qu'il sera en retard. Il va venir, elle en est sûre. Il le lui a promis, il lui a dit qu'elle était jolie, qu'il l'aimait bien, qu'ils étaient amis. Et puis, qui va manger le gâteau de foie, les quenelles dans leur sauce onctueuse et les œufs à la neige ? Allez, il faut décrocher.

—Mademoiselle M ? Je suis l'épouse du docteur Suktus. Je sais qu'il devait faire une visite chez vous. Ne l'attendez plus. Il ne viendra pas. Adressez-vous à un autre médecin. Mon époux est mort ce matin, renversé par une voiture dans le quartier de Saint Paul.

Partie 2

Où l'on voit parfois s'ouvrir des portes...

« Sois le changement que tu désires voir en ce monde »

Gandhi

Escapade

Two girls in Nice

Matisse

1921

—Quel ennui, ma chérie !

—Tu peux le dire !

—Maman aurait pu nous prévenir que nous serions deux potiches.

—Oui, le bal le soir pour trouver un mari et la journée, le repos pour être présentables au bal.

—Vaste programme. Je me dis parfois que nous serions plus heureuses si nous n'étions pas nées dans cette famille.

—Tu préfèrerais une famille pauvre, peut-être ?

—Pourquoi pas ! Au moins, les filles sont libres !

—C'est ce que tu penses ! Parles-en à Marie, notre bonne ! Pourquoi crois-tu qu'elle voulait absolument que sa sœur la rejoigne à notre service ? Je l'ai bien entendue le demander à Maman ! Tu crois que celle-ci est heureuse dans sa campagne dijonnaise, à fabriquer de la crème de cassis ?

—Ce n'est pas ce que je dis. Je dis que les filles de la campagne sont libres d'aller et venir, de choisir leur mari et d'aller au bal si cela leur chante !

—C'est à voir, ça ! de toutes façons, je te vois mal te coucher le ventre vide et te lever dans le froid glaçant de l'hiver pour aller nourrir les poules et sortir les chèvres !

—Comment connais-tu tout cela, toi ? Le cassis, les poules et les chèvres ?

—Marie me l'a raconté un jour que je l'ai trouvée pleurant sur un tabouret dans la cuisine.

—Que faisais-tu dans la cuisine ?

—J'allais chercher du pain. Parfois, j'ai un petit creux et je descends à la cuisine et voilà.

—C'est comment la cuisine ?

—Chaud, clair et ça sent bon : le pain, le ragoût, les confitures.

—Crois-tu qu'à l'hôtel, il y ait une cuisine ?

—Assurément oui sinon, comment pourrait-on manger à la Rotonde ?

—Alors, tu crois qu'on pourrait y aller ?

—Drôle d'idée. Nous ne sommes pas à la maison mais à Nice, hôtel Negresco, chambre 101, premier étage, avec vue sur de la fameuse promenade des Anglais.

—En attendant, quel ennui ! Et ces ridicules jupons qui tiennent si chaud !

—Et si on les ôtait ?

—Est-ce que cela est raisonnable ?

—Qui le saura ?

—Personne.

—Alors, ôtons-les.

Elles se glissent hors du carcan qu'elles dissimulent en haut d'une penderie.

—Moi, ce que je voudrais, c'est sortir de là !

—Qui nous en empêche ? Père est au Casino et Maman est partie faire les boutiques avec Madame de Jaham.

—Oui, mais il y a Marie et c'est elle qui fera les frais de notre escapade si on l'apprend !

—On reviendra à temps. Et puis, aujourd'hui, je suis sûre que Maman rentrera tard et que Père n'en aura pas fini avant le nuit. Il est trois heures de l'après-midi, nous avons quelques heures devant nous.

—Appelons Marie et disons-lui de nous emmener au bord de mer ?

—Elle a des consignes. Nous devons rester ici, Maman le lui a ordonné.

—Alors, allons-y.

Sortir est un jeu d'enfants, de jeunes filles devrait-on dire. Louise et Charlotte se retrouvent rapidement sur les galets, les pieds dans l'eau. Car bientôt, foin de bas et de ballerines pointues, posés sur le muret. L'eau est fraîche et les vaguelettes caressent les pieds blancs des jeunes filles qui s'éclaboussent dans des éclats de rire. Vive la liberté ! Et puis, il n'y a pas d'ombrelles à tenir d'une main, juste quelques doigts pour relever un pan de jupe. Et ce soleil qui pique si agréablement la peau !

—Et si on relevait nos manches ? Juste sur l'épaule, là. Regarde comme on est bien, Charlotte !

—Oh oui, comme tu as raison ! Jamais je n'aurais pensé que la chaleur et la lumière étaient si merveilleuses : comme une caresse, ne penses-tu pas ?

Sur le mur est assis un groupe de jeunes gens, des adolescents qui semblent bien connaître les lieux. Ils s'amusent de voir les deux jeunes écervelées s'éclaboussant en poussant des petits cris d'oiseau. L'un d'entre eux s'enhardit, descend du mur, se dirige vers elles et s'arrête juste devant, esquissant un salut cérémonieux mais combien moqueur.

—Belles demoiselles, bien le bonjour !

Interloquées, les deux sœurs se regardent, ne sachant que faire. Le garçon est splendide : les bras découverts, dorés et musclés, le sourire enchanteur et la mèche rebelle font de lui une sorte de prince de la plage. Charlotte se retourne vers l'hôtel.

—Il faut rentrer, Louise.

Mais Louise est subjuguée : sous le béret, la lumière éclatante fait briller les yeux noirs de l'adolescent. Et ce sourire ! Et cette fossette coquine qui orne sa joue. Louise se verrait bien y poser les doigts.

—Restons encore un peu. Il est tôt. Profitons du moment de liberté que nous nous sommes accordé.

—Vous sortez de prison, demande le garçon.

—C'est un peu ça, répond Louise.

—Elle est où, votre prison ?

—Là, tout près, en face de l'allée. Nous logeons au Negresco.

—Ouah, la classe, dit le garçon. Vous êtes des aristos, alors ?

—Des aristos ? C'est quoi des aristos ?

—Eh, les gars, deux aristos ! Venez, on va s'amuser un peu.

Les deux autres garçons glissent du mur et se retrouvent bientôt à encadrer les jeunes filles. Charlotte regarde autour d'elle. Elle aimerait fuir ce qui lui semble un piège mais Louise, elle, ne semble pas inquiète.

Elle s'est assise sur les galets et rit aux paroles des garçons. Elle tape dans ses mains, balance sa jolie tête en arrière, séduisante en diable.

L'un des garçons s'enhardit un peu, posant une main forte sur le bras tendre de Charlotte qui recule encore.

—Ne crains rien ma jolie, je ne suis pas méchant. Juste curieux de toucher le bras d'une aristo !

Louise rassure Charlotte. On est bien. Les garçons ont leur âge, ils ont plein d'histoires à raconter ; ils ont déjà tant vécu ! L'un d'eux, qui se prénomme Henri, a sorti un papier gras qu'il ouvre bientôt, offrant aux jeunes filles un morceau d'une galette épaisse garnie d'anchois. Ça pique mais comme c'est bon !

Charlotte soupire, se rapproche de sa sœur, s'assied à son tour et le temps passe à rire, à se regarder un peu quand même mais surtout à partager des tranches de vie bien différentes.

Qu'ont-elles d'ailleurs à raconter si ce n'est la litanie des lieux à la mode : Saint Moritz, Megève, Spa et les palaces, les sleepings de luxe, les courses à Deauville ou la chapelle impériale de Biarritz. Une vie sans histoire, où l'on ne se soucie de rien. Mais une vie bien triste en fait. Le bal apporte un mari, un mari donne des enfants et la vie continue, une vie de fêtes mais aussi d'ennui.

Leur vie, à eux, pensent Louise et Charlotte, c'est l'aventure, la lumière, la mer, la pissaladière que l'on mange avec les doigts. Sans parler du vin rosé qui fait tourner les jolies têtes qui bientôt se livrent à quelques baisers volés.

Louise se lève d'un bond :

—Il est temps de rentrer maintenant, dit-elle. Charlotte, lève-toi !

Et Charlotte, le regard brillant, l'esprit grisé, salue d'un geste charmant leurs compagnons d'un instant. Louise s'attarde un peu auprès du joli garçon.

Rentrer à l'hôtel est un jeu d'enfant, des jeunes filles, devrait-on dire : il y a beaucoup de monde à cette heure et l'on ne voit ni de leurs chaussures mouillées ni leur teint soudain coloré, pas plus qu'on n'entend battre leur cœur d'une émotion toute nouvelle : elles viennent de découvrir le monde !

Sous le feu du ciel

Tableau de Sally Cummings

contemporain

Me voici sur la plage, dans cette robe rouge feu, décoiffée et perdue. Je n'en peux plus. Il fait trop chaud. Sally, mon amie photographe, m'a bien prévenue. « Préserve-toi du soleil, a-t-elle dit en riant. Tu verras, ce pays est à couteaux tirés avec les hommes. Il provoque et meurtrit ceux qui négligent sa force. »

Il fait vraiment trop chaud. Comme j'aimerais retrouver un peu de cet air d'enfance si délicieux qui courait sur mes bras nus, quand, en vacances, le bain de mer devenait sacré en dépit du vent qui faisait valser le sable dans nos yeux, des vagues qui nous submergeaient parfois dangereusement, du temps nuageux et de la crainte viscérale que nous ressentions face à un phénomène inconnu. Enfant, j'aimais tant cela : le vent, la mer, le ciel gris ! Ici, le ciel est bleu ; ici, le soleil pique ma peau et mon enfance est définitivement passée.

Quelle soirée ! Dire que j'hésitais ! Des amis, m'avait dit Sally, des gens très sympas ! Les gens très sympas, j'en ai soupé ! Futilité garantie, et puis, ils m'interrogeraient sur « ma vie, mon œuvre ». J'aurais préféré la solitude de la maison qui donne sur la mer, là où les vagues frappent la falaise, rythmant les jours et les nuits de leur incessant ressac. Mais j'ai rencontré des gens charmants : j'étais moi-même et non plus une écrivaine à succès ; j'ai ainsi pu écouter beaucoup et partager enfin : une philosophie de vie, une approche des autres, et plus si affinités. Car il y a eu un « plus si affinités », là, plus tard, sur cette plage, et mon corps a été caressé avec douceur, choyé comme s'il était souffrant, aimé parce qu'il le demandait. Une sorte d'instant suspendu, doré, serein et apaisant : des gestes qui savent, des mains qui trouvent, un corps qui m'entraîne vers autre chose encore, gravissant sans peine aucune les marches qui mènent à la jouissance. C'est bien là le mystère de l'existence : une rencontre qui ne changera rien au quotidien mais bouscule à jamais la perception que l'on a de soi, de ses capacités à dépasser les limites que l'on se connaît. On n'en a jamais fini avec soi-même. On se découvre encore et toujours.

Il me faut rentrer maintenant, retrouver l'ombre et la douceur. La sueur coule dans le bas de mon dos ; mes cheveux collent à mon front ; et cette veste inutile qui pend à mon bras, brusquement pesante. Une migraine s'annonce. Une de plus, une qui me laissera une nouvelle fois exsangue, épuisée, la tête enfouie dans les oreillers, les dents serrées dans la souffrance, après m'avoir vrillé le crâne de ses coups de poignard. Inutile de se le cacher, elle sera bientôt là, armée jusqu'aux dents pour me faire regretter les quelques instants de bonheur glanés auprès d'un inconnu qui n'a fait que passer. Pour me punir de profiter d'un instant de paix, pour m'empêcher de goûter pleinement d'un temps où je suis enfin moi, Michèle Pierre et non plus Lila Monténégro. La gloire ne réserve que des éclats de strass et l'artificiel paradis de la célébrité. Cette nuit, j'ai enfin pu goûter à une parenthèse heureuse. Ma vie est ainsi faite : les parenthèses heureuses me donnent la force d'accepter les feux de la rampe. Car écrire, c'est ma vie. Je ne peux vivre sans coucher sur papier ce qui nait dans ma tête. Le partager me semble aussi indispensable, comme un miroir que je présenterais aux autres mais aussi un appel à vivre ses rêves. Dire le monde, dire la vie et surtout pas la mienne. Ou si peu. La mienne n'a d'intérêt que pour moi-même : péripéties, rencontres, voyages, récompenses, qu'est-ce cela en regard de ce que vivent les autres, ou de ce que m'a offert cette nuit ? Le retour à l'anonymat, une goutte de rosée bienfaisante qui pourrait faire grandir en moi ce que je cache encore, le faire éclore pour être enfin ce que je suis vraiment.

Il me faut quitter la chaleur, fuir le feu du ciel qui engloutira bientôt ma tête, retrouver la paix. Je dois rentrer maintenant, avant de sombrer de douleur. Il suffirait que je prenne le chemin qui mène à la maison. J'irais d'abord par ces ruelles fraîches, fleuries de jasmin et de bougainvillée, puis par la lande vive et mes jambes se grifferaient aux ajoncs ; je marcherais le corps tendu vers mon refuge. Mais l'éclat du soleil m'éblouit et m'aveugle : ce pays est trop fort, trop dur, trop violent. Le sable brûle et les odeurs entêtent : iode, cystes et absinthe s'entremêlent, suffocantes. La mer, elle-même semble une hostile plaque de mercure où s'animent quelques lambeaux de dentelles. Soudain une ombre, immense, fantomatique, qui ondule puis soudain se fige : la voilà. Je tangue, porte une main au front comme pour m'assurer que je suis encore là, encore vivante. J'ai peur et pourtant, comme je connais bien celle qui se présente ainsi ! C'est elle qui s'annonçait, c'est elle qui me visite au hasard des joies et des chagrins, c'est elle qui plane au-dessus de mes moments de bonheur. Elle est là et je vais tomber. Je sombre.

Un bras me retient dont je ne vois que la peau dorée par la lumière, dont je ne sens que la douce force qui m'empêche de m'effondrer.

—Ah, vous êtes là ! Pourquoi avez-vous fui ? Venez. Je vous ramène.

La curiosité n'est pas un vilain défaut

Curiosity

Kenton Nelson

2008

« Ma fille, la curiosité est un vilain défaut ». C'est ce que me dit Maman chaque fois que je lui parle de mon occupation favorite : espionner mes voisins d'en dessous. Il faut dire que j'habite un immeuble particulièrement sonore du sol au plafond en passant par les murs. Comment cela m'est-il venu à l'esprit ?

Comment vous expliquer l'inexplicable ? Disons qu'un jour, je les ai croisés dans l'escalier : cinq personnes, deux hommes et trois femmes, des gens comme les autres apparemment mais ils portaient d'énormes sacs en papier d'où sortaient tissus chatoyants, calices et autres objets d'ornement. Chacun d'eux en avait trois. Cambriolage ? Déménagement ? j'aurais aimé tout savoir d'eux. Comme je ne pouvais pas entrer, je me suis dit : tentons de savoir ce qu'il se passe en bas et pour cela écoutons par le plancher. Si bien que vous me voyez comme ça, à quatre pattes sur le lino, l'oreille plaquée sur le dit-lino et l'œil aux aguets. Avez-vous remarqué que certaines personnes entendent mieux les yeux fermés ? Au concert en particulier, j'ai constaté que la musique classique ou le jazz – pas tous les styles malgré tout- faisaient fermer les yeux des spectateurs qui du coup s'en tiennent à leur fonction d'auditeurs. Moi, c'est l'inverse, j'ouvre grand les yeux pour mieux entendre, ce qui peut aussi s'expliquer par le fait qu'on mobilise deux sens au lieu d'un. Et vous, comment est-ce que vous faites ? Les yeux fermés ? J'en étais sûre. Essayez comme moi et vous entendrez encore mieux, une autre qualité sonore qui fait venir des images dans la tête ! Si, si, je vous assure !

Donc j'adopte cette posture un peu spéciale dès que j'entends la porte de leur appartement et les premiers rires. Car ces gens rient beaucoup, fort, joyeusement, longuement. Il y a parfois des hourrahs et des applaudissements. Je ne dis pas que cela me dérange, mais quand on n'a pas envie de rire, quand la boule monte et descend dans votre gorge sans jamais vous laisser de répit, quand le ciel est bas et l'humeur sombre, le rire des autres c'est un peu déroutant. N'empêche que la suite me réserve toujours quelques bonnes surprises. D'où cette habitude.

La première fois que Kenton m'a surprise ainsi, il m'a semblé que tous les bruits du monde s'arrêtaient : un silence étourdissant, comme si lui, et donc moi puisque nous étions dans la même pièce, étions recouverts d'un couvercle. Puis il a poussé un hurlement qui m'a fait me lever en tremblant. Je devais être folle ; je ne savais plus me tenir ; qu'est-ce que je faisais à quatre pattes dans le salon alors que le repas n'était pas prêt ; mais qui m'avait élevée ; comment une femme de mon âge pouvait-elle se vautrer par terre ; j'avais bu, n'est-ce pas ? Et toute la journée ?

J'avais juré mes grands dieux qu'il n'en était rien et tenté de lui expliquer la situation. Mais j'étais tellement effrayée que je mélangeais calices, satin et voisins si bien qu'il m'avait prise pour une ivrogne. Il était reparti en disant qu'il reviendrait quand j'aurais retrouvé figure humaine. Pourtant ce jour-là, j'avais mis une petite robe rouge au corsage bordé d'un liseré blanc, enfilé une jolie paire d'escarpins et relevé mes longs cheveux bruns. J'avais, à mon avis, figure humaine. Mais il avait raison : effectivement, je ressemblais plus à un animal qu'à une femme. Une femme, ça ne se vautre pas par terre !

Kenton n'est pas méchant mais il crie beaucoup. Je me dis que si les voisins du dessus m'épiaient, ils auraient appelé la police pour signaler ses accès de colère contre moi. Mais il n'en reste qu'aux cris et aux humiliations. Je subis, je supporte ; je me dis que ma vie est ainsi et qu'ainsi va ma vie. Je ne dirais pas que c'est une vie de malheur mais je ne pense pas que l'on puisse dire que je suis heureuse. Je suis assez seule, je ne travaille pas et je n'ai pas beaucoup de contacts avec l'extérieur, hormis la famille de Kenton chez qui nous allons une fois par mois et qui nous rend visite une fois par mois. La famille se compose d'un couple de parents dont il n'y a rien à dire de particulier si ce n'est qu'ils sont gris, de sa sœur, une femme revêche peu aimable et de son beau-frère que je plains beaucoup et qui semble me plaindre aussi. Rien de bien joyeux ! Heureusement, il y a Maman et, même si elle habite à plus de six cents kilomètres, nous nous téléphonons régulièrement. J'ai une vie bien réglée : Je fais le ménage après avoir pris mon petit déjeuner. Mais j'ai bien vite terminé car nous habitons un studio. Après cela, je fais ma toilette. Ensuite, je cuisine pour Kenton. Puis je lis des magazines et des romans que j'emprunte à la bibliothèque du quartier, seul endroit où je me sens autorisée à aller. « Toute liberté n'est pas bonne à prendre », répète Kenton.

Cependant, le jour des sacs, j'ai découvert une merveilleuse distraction, même si, cette première fois, je n'ai rien perçu d'extraordinaire si ce n'est du brouhaha. Je n'avais pas encore travaillé ma posture. Il y a une façon de se mettre à quatre pattes et de poser son oreille sur le plancher. Il faut s'assurer qu'on est bien installé, qu'aucune articulation ne craque, qu'aucun muscle ne bouge ; les mains doivent être posées à plat sur le sol, de chaque côté du corps, à la hauteur des épaules pour maintenir un parfait équilibre, les pieds légèrement écartés et surtout les fesses remontées ce qui libère un peu la sangle abdominale et empêche la survenue de crampes: ainsi, le corps est silencieux d'autant que l'on s'est assuré qu'on n'a pas de besoins particuliers à satisfaire, que l'estomac est repu pour ne parler que de cela. Aucun inconfort n'est en effet permis qui nuirait à la bonne perception de ce qui se passe au niveau inférieur. Quant à l'oreille, elle doit être plaquée au sol mais sans que la pression exercée ne parasite l'audition. Il y a aussi le choix de l'heure. La meilleure, c'est celle du retour à la maison du dernier occupant, un vieux monsieur, quand tout le groupe est réuni et qu'on peut de ce fait rassembler un maximum d'informations. C'est ainsi que je me suis aperçue que l'appartement n'était occupé que de onze à dix-huit heures, sauf le dimanche où les horaires sont variables.

Après avoir rassemblé les éléments indispensables et organisé mon activité, j'ai repris mes séances d'espionnage, d'autant que Kenton était parti en voyage pour une semaine, me laissant ainsi toute liberté de retrouver une posture tout animale.

Mais comble de malchance, ils étaient absents pour le week-end. Je les ai entendus revenir le dimanche vers vingt heures. Surprise, j'ai pris mon poste. Mais aucun son ne m'est parvenu, à croire qu'ils s'étaient endormis sur le champ.

Trois jours étaient passés. Il en restait quatre avant le retour de Kenton. J'allais devoir élaborer une stratégie me permettant de recueillir, en peu de temps, le maximum d'informations sur ce qui causait tant de joie à cet étage. En effet, j'avais l'idée d'en faire un roman, tant cela me semblait stupéfiant ! Que faisaient ces cinq personnes dans un studio de onze à dix-huit heures ?

Le lendemain, j'ai entrepris d'améliorer encore mon confort en posant un coussin sur le lino avant d'y mettre les genoux. J'ai ajouté aussi une boîte de conserve dont j'avais ôté le fond et le couvercle pour augmenter le volume sonore, comme je l'avais vu faire par des enfants dans la rue. J'ai rapidement abandonné cette nouvelle idée en constatant que le tour de mon oreille saignait et j'ai remplacé la boîte par un entonnoir qui m'apporta toute satisfaction. Ainsi harnachée, j'ai pu recommencer mes investigations dès que j'ai aperçu le vieux monsieur dans la rue. Une porte a claqué et les rires sont arrivés. Des cris de joie aussi. J'ai également saisi quelques mots qui m'ont interpelée ; « Mon petit » ; « ma chérie » ; « comme tu as bonne mine ! » ; « la journée s'est-elle bien passée ? » ; « vous avez un peu travaillé ? » ; « allez, on y va ? ». Puis les voix se sont tues et il m'a semblé qu'on déplaçait des meubles, qu'on fermait des rideaux. Puis le silence.

Une voix féminine s'est bientôt élevée :

Hiroshima se couvrit de fleurs. Ce n'étaient partout que bleuets et glaïeuls, et volubilis et belles-d'un-jour qui renaissaient des cendres avec une extraordinaire vigueur, inconnue jusque-là chez les fleurs.

Je n'ai rien inventé

Une voix d'homme : *tu as tout inventé*

Une voix de femme : *rien*

Elle a poursuivi :

De même que dans l'amour cette illusion existe, cette illusion de pouvoir ne jamais oublier, de même j'ai eu l'illusion devant Hiroshima que jamais je n'oublierai.

J'ai vu aussi les rescapés et ceux qui étaient dans les ventres des femmes d'Hiroshima…[3]

Une voix forte s'est ensuite élevée :

Non, ça ne va pas ; c'est mièvre. Il faut sentir la douleur, la révolte, la violence et la révolte. On reprend.

Ils ont repris, plus lentement peut-être mais les mots claquaient davantage.

J'étais là, au-dessus d'eux et j'ai compris que ces gens lisaient quelque texte inconnu de moi mais qui captait irrémédiablement mon attention.

---

[3] Hiroshima, mon amour Marguerite Duras

J'ai vu la patience, l'innocence, la douceur apparente avec lesquelles les survivants provisoires de Hiroshima s'accommodaient d'un sort tellement injuste que l'imagination d'habitude si féconde, devant eux, se ferme.
Ecoute…

J'écoutais, subjuguée, me demandant où était cet Hiroshima, qui étaient ces victimes. De quoi ces gens souffraient-ils ?

Le lendemain, je suis allée à la bibliothèque et j'ai découvert l'histoire, la Grande et Douloureuse Histoire. J'étais horrifiée par le gouffre de mon inculture si bien que j'ai emprunté quelques livres. Puis, à onze heures, je me suis postée et j'ai attendu.

Porte qui claque, remue-ménage et soudain le silence qui précède la voix, une autre voix, plus douce mais aussi plus jeune :

Vous me dégoûtez tous avec votre bonheur ! Avec votre vie qu'il faut aimer coûte que coûte. On dirait des chiens qui lèchent tout ce qu'ils trouvent. Et cette petite chance pour tous les jours, si l'on n'est pas trop exigeant. Moi, je veux tout, tout de suite – et que ce soit entier- ou je refuse ![4]

Je n'ai pas entendu la suite car la sonnerie du téléphone a retenti : Maman. J'ai bien tenté d'arrêter son monologue mais, après avoir raccroché, je n'ai pas pu retrouver le fil du texte qui m'avait tant émue. Pourquoi ces paroles m'atteignaient-elles tant ? Était-ce parce qu'elles parlaient de bonheur impossible ? J'étais si bouleversée que j'ai mal dormi et qu'au matin j'en ai oublié ménage, repas et même Hiroshima, attendant fébrilement une suite probable à onze heures.

---

[4] Antigone- Jean Anouilh

Je me suis installée. Il n'était plus question de bonheur mais d'une douce musique :

Les sanglots longs des violons de l'automne blessent mon cœur d'une langueur monotone. Tout suffocant et blême, quand sonne l'heure, je me souviens des jours anciens et je pleure et je m'en vais au vent mauvais qui m'emporte deçà, delà, pareil à la feuille morte.[5]

Des portes s'ouvraient devant moi, des portes dont jamais je n'avais soupçonné l'existence. J'étais subjuguée par tant de beauté. Un autre de mes sens était en éveil, enfin ! Je sentais la vie à plein cœur et j'étais heureuse.

Quand Kenton est rentré, il ne m'a pas trouvée. Moi, j'avais sonné à la porte d'en bas.

—Nous n'attendions que vous, chère madame, m'a dit le vieil homme dans une jolie courbette.

---

[5] Chanson D'automne- Paul Verlaine

Partie 3 :

Où l'on voit que la vérité est parfois surprenante.

« L'apparence requiert charme et finesse, la vérité, calme et simplicité »

Emmanuel Kant

Une dame si parfaite

Un verre de rouge

Marc Keller (1955-)

Elle vient d'arriver. Comme tous les jours à quinze heures. Elle est plutôt jolie, tête blonde aux cheveux courts, vêtue d'une robe fourreau dont seule change la couleur. Aujourd'hui, c'est un rouge bordeaux qui sied particulièrement à sa carnation dorée.

Je m'appelle Marc et je suis barman au casino de Montrond. J'aime mon métier. Je travaille dans un monde feutré, pas celui des machines à sous où les clameurs des joueurs et le cliquetis des machines éclipsent les vérités, non, dans le sacrosaint, la salle du blackjack et de la roulette, moquettée de roux, qu'éclairent seulement les lumières tamisées des lustres pendus au-dessus des tables. C'est un endroit où je me sens bien. Il me permet d'observer mes contemporains : je constate bien souvent combien ils sont différents et pourtant tous fragiles.

Elle s'assied sur le tabouret, en assure l'équilibre, jette un bref regard vers la salle, un de ces regards neutres, sans attention particulière. Puis elle lève les yeux sur moi, me sourit et dit :

—Un Saint-Julien, s'il vous plait.

Je pourrais lui demander ce qu'elle veut boire ou tout simplement le lui servir sans un mot ou en disant : voici votre Saint-Julien, madame. Mais j'aime l'entendre me le demander de sa voix légèrement voilée, une voix suave et assez haute cependant, veloutée. Cela fait partie des bons côtés de mon métier, entendre la musique de chaque voix. La sienne en particulier. Qui est-elle ? Je ne le sais pas. Je ne suis pas tenu de lier conversation. Quelques mots polis mais brefs, voilà la réponse à mes rares et peu indiscrètes questions. J'imagine qu'elle attend quelqu'un, un joueur qu'elle accompagne, peut-être.

Celui-là à la table de back-jack ? La cinquantaine, bel homme, en apparence serein. Mais il y a cette main crochetée sur le bord de la table, témoin indubitable de la tension qui l'habite. Il ne transpire pas, ne respire pas plus fort que les autres, ne jette pas de regard inquiet sur la table ou le croupier. Il semble calme, concentré sur le jeu, certes, mais calme. Tout se passe en lui et tout se dit dans cette main qui trahit son émotion. C'est un vrai joueur, il perd beaucoup et tente chaque fois de se refaire. Inutilement. Je ne sais qui il est, ce qu'il fait dans la vie mais il passe bien des heures ici. Plus qu'elle.

Ou est-ce cette dame, d'un certain âge, mise en pli parfaite aux crans gris violet, fume-cigare négligemment posé sur la table, tout à côté d'une main baguée d'une énorme améthyste ? C'est une habituée, riche veuve désœuvrée, personnage qu'on pourrait juger inutile. Ce que je connais d'elle pourrait en faire sa grand-mère, une vieille tante, une patronne, voire une amie peut-être. Bienveillante dès qu'elle ne joue pas, elle se transforme en un être froid et sans pitié, sans scrupule peut-être bien d'ailleurs. Je l'ai surprise à grommeler quelque insulte envers le croupier, un jour qu'elle perdait. Mais ce n'étaient que murmures et personne d'autre que moi n'a découvert la face cachée de cette encore jolie femme.

Il y a aussi ces deux amis, parfois bruyants. Quand ils gagnent, ils manifestent leur joie par des rires ou des hurlements, selon la dose de whisky qu'ils ont déjà absorbée, non que je pousse à la consommation, mais ils ont quelques ruses pour contrer ma vigilance. A se demander s'ils n'apportent pas eux-mêmes leur bouteille. Mais Virgile sait les calmer et ils sont rarement expulsés. Ils savent encore se tenir.

Alors qui ? Alors quoi ? Que fait ici cette mystérieuse dame qui aime le Saint-Julien ?

Souvent, après un premier verre, elle se lève et fait lentement le tour de la salle, un sourire aux lèvres. Elle s'arrête pour observer le jeu, les mains habiles du croupier, la boule qui roule, saute et se pose. L'éclat du lustre éclaire alors son visage d'un jour nouveau et j'y perçois parfois, une sorte d'urgence, de passion éphémère : les yeux se font plus durs, les gestes moins doux et la main passe aussi dans le blé des cheveux, agile, rapide, comme déterminée. Est-elle joueuse elle-même ? Tente-t-elle de résister à la pulsion qui la pousserait vers le tapis ? Je me le suis demandé. Pourtant, le tour fini, elle revient au bar, remonte sur le tabouret, en vérifie l'équilibre et de sa voix si particulière, commande un autre Saint-Julien.

Ce soir, c'est un peu différent. Elle semble plus inquiète et je crois distinguer dans ses gestes une tension inhabituelle : des doigts qui se crispent sur la rondeur du verre, un regard qui se fige puis s'évade au cœur de la salle ou vers la lourde porte matelassée qui donne sur l'enfer des boîtes à sous. Il manque aussi certains rites : la façon de monter sur le tabouret, d'en assurer l'équilibre et la voix, moins suave, plus rauque, comme enrouée ou prise par une émotion particulière. Et puis, il y a le vin qui ondoie dans le verre, sans qu'on n'y ait jamais trempé les lèvres ; non, il tangue d'un bord à l'autre et offre à la lueur des spots comme une houle sanglante.

Soudain, le brouhaha du dehors : la porte s'est ouverte. Je sens son dos se raidir, je sens l'élan arrêté, je sens qu'elle sait qui est rentré, qui va aujourd'hui rompre la sérénité des lieux. Je sais presqu'immédiatement cela ; nul besoin d'hésiter. Je le vois. Il est beau, grand, bien vêtu et tout dans son être transpire la tranquillité et l'assurance. Il vient au bar, s'installe loin d'elle qui esquisse un bref coup d'œil puis monte à ses lèvres le verre de Saint-Julien qui se vide en un instant. Je sais que c'est un signal ; je sais qu'il va se passer quelque chose de tragique et c'est ce que j'entends alors : cette rafale de mitraillette qui s'étend de table en table, figeant les corps bientôt réduits à d'illusoires marionnettes qui ne gagneront rien ce soir. Elle me tient en joue avec un petit révolver argenté, m'ordonne de vider ma caisse dans un sac. Finie la voix de star, le geste distingué ; seule la morgue de ceux qui ont faim de danger. Lui élimine le caissier, règle son compte à ceux qui sont encore debout et s'empare de l'argent. Ai-je peur ? Non, pas vraiment. Je sais que, comme les autres, il se peut que je meure mais je remplis le sac, le lui jette à la face tout en me précipitant dans l'arrière-salle. Là, il y a une porte et cette porte est mon salut. Je m'enferme puis me retrouve bientôt dehors.

Je remonte le col de mon veston : les soirs sont encore frais. Et j'attends dans la belle voiture rouge sang que mes complices me rejoignent.

Un si joli minois

Hôtel room –
Edward Hopper
1931

Voilà, je le savais ! Je m'en doutais un peu ! J'avais senti une forme de réticence, légère, presqu'impalpable ; je saisis si bien les émotions des hommes.

Il avait dit :

—Je serai là vers 18h. Allez à l'hôtel du Sud ; demandez une chambre côté cour ; vous verrez, c'est un très joli petit hôtel et l'hôtesse est charmante. Surtout venez avec une valise ; je vous réserve une surprise.

J'y avais cru ; j'avais fait une valise. Oh, pas la plus belle des valises mais je n'en ai pas d'autres. C'est elle qui me suit dans tous mes déplacements. Noire, un parfait parallélépipède de carton noir. J'avais aussi emprunté à Simone son sac de voyage en cuir beige, nettement plus distingué que l'autre bagage ; et j'avais confié Jules, mon chat, à Lola, ma voisine. Elle avait compris :

—Toi, tu vas rejoindre un homme ! Je le vois à tes yeux qui brillent d'une folle lueur. Mais attention à toi ! Les hommes sont parfois cruels.

Je l'avais détrompée. Lui était un gentil, attentionné. Ne me répétait-il pas qu'il m'aimait plus que tout ; qu'il n'avait jamais ressenti cela avant moi. J'avais parfois tiqué, pour la forme. Comment un tel homme aurait-il pu ne pas séduire toutes les femmes qu'il rencontrait. Il avait rétorqué qu'avec moi, c'était différent.

J'avais demandé en quoi ; il avait eu alors cet air à la fois mystérieux et charmeur qui me faisait fondre :

—Vous le savez bien, ma chérie.

Ces deux derniers mots m'avaient arrêtée dans la recherche d'une raison, qui, je le comprends à l'instant, n'existait que dans ma tête, et elles étaient nombreuses : j'étais jolie, charmante, bien faite et apte à répondre à ses moindres envies ; j'étais drôle souvent, curieuse de tout. Il y avait en moi un mystère qu'il s'attacherait à éclaircir ; je l'intriguais, disait-il. Quelle présomption !

Ainsi me voilà à l'hôtel du Sud. Depuis deux heures déjà. C'est effectivement un charmant hôtel avec une charmante hôtesse. J'ai bien vu cependant qu'elle m'observait à la dérobée comme si elle était inquiète ou peut-être interrogative.

—On m'a prévenu de votre arrivée. Ne vous souciez de rien. Nous sommes à votre service. Détendez-vous et je vous préviendrai dès qu'on sera là.

Ce « on » m'avait interpelée. Pourquoi pas « le monsieur » ou tout simplement « monsieur » ou encore « il » ; ma foi, cela aurait pu être « il ». Je me suis installée. Je me suis détendue. J'ai imaginé la suite. Je savais alors que j'allais une fois encore atteindre des sommets de raffinement. Comme à chaque rencontre.

Le lit était bon ; les draps sentaient l'air de la campagne ; ils pourraient accueillir nos ébats, ai-je pensé en pouffant de rire. N'avais-je pas honte de ma situation ? J'ai vite chassé cette vile pensée ; n'avais-je pas affirmé que je l'aimais ? N'avait-il pas juré qu'il m'adorait ? Il n'était pas heureux, me confia-t-il. Elle était d'une jalousie maladive, ne pensait qu'à l'argent, passait ses journées dans les boutiques, alors que lui… J'avais tenté d'arrêter le flot de récriminations. Je n'avais pas besoin de savoir quoi que ce soit ; j'étais avec lui, voilà ce qui importait. Je me montrais sans scrupule aucun, - pourquoi en aurais-je eu d'ailleurs ? - pressante seulement, disponible, en un mot célibataire. Rien n'importait que les instants communs qui bientôt déboucheraient sur des horizons inédits, lui avais-je promis. Il avait tenté d'en savoir plus sur ces « horizons inédits » ; j'avais souri et nous avions gravi ensemble la montagne de nos désirs.

A dix-neuf heures, j'ai ôté ma robe et me suis assise sur le lit, en sous-vêtements. J'ai imaginé son arrivée : il aimerait sûrement le caraco saumon bordé de dentelles, pourrait en faire glisser une bretelle et je sentirais alors son souffle au creux de mon cou. J'ai laissé cette pensée m'envahir ; elle s'est transformée en une délicieuse sensation.

J'attends depuis lors. C'est la première fois que cela m'arrive. D'habitude, nous nous retrouvons devant l'hôtel, dans le hall ou dans l'ascenseur. Cette fois, c'est différent puisque c'est lui qui a organisé les choses. C'est peut-être là mon erreur.

J'attends. Mes chaussures gisent devant une modeste commode brune au coin de laquelle j'ai pendu mon chapeau cloche. Me voici délaissée, presque triste ou plutôt déçue. Ce ne sera pas pour cette fois-ci. Dommage ! Il ne sait pas ce qu'il rate !

Je sais qu'il ne viendra plus. Dans mes mains, la lettre, celle qu'un coursier a apporté, celle que j'ai saisi d'une main fébrile, l'ouvrant sans ménagement : un accident, un contretemps fâcheux, sa femme qui l'aurait enfermé dans un placard, une grève des cheminots, des invités de dernière minute, un problème d'argent, que sais-je encore ? En quelques secondes, j'avais tout imaginé. Sauf la vraie raison : il ne pouvait pas la quitter, elle était dépressive et il se devait d'être là, pour l'accompagner. Dieu ne disait-il pas que les époux se doivent assistance ? écrivait-il. J'ai pensé « et fidélité »… et cela m'a fait rire.

J'allais devoir revoir ma stratégie d'approche, m'emparer des rênes de notre relation et j'aurais alors ce que je cherchais. Un autre échec n'était pas supportable. Admissible, devrais-je dire ! Lui m'avait échappé. Restait à trouver un autre dérivatif.

Trois coups à la porte ! L'espoir m'envahit. Et si…

J'ouvre la porte, impatiente de me trouver dans ses bras.

Il entre, en uniforme, et je le trouve séduisant en diable.

—Inspecteur Edward H. Venez, Madame, le jeu se termine ici. Dix victimes, cela suffit !

Je lève les yeux vers lui et je mets dans mon regard un peu du feu qu'il aime tant : je tente encore. C'est vrai, quand on a un si joli minois, il faut tout essayer.

Filatures

Le parapluie jaune

André Kohn (1972-)

C'est d'abord l'éclat jaune d'un parapluie qui surgit de la porte cochère où je me suis abrité. Puis une voix claire et rieuse :

—Oh, mais c'est qu'il pleut vraiment !

Un bras rond, une épaule nue et une longue silhouette qui part en direction de l'esplanade.

Je la suis. Pourquoi ? Je n'en sais rien. J'ai subitement cette envie. Elle marche vite et ses hanches moulées dans la robe marron dansent au gré de sa démarche. Rien n'est plus plaisant que ce spectacle ! Elle tient négligemment un sac à main gris. Je tente d'en deviner le contenu : un tube de rouge à lèvres grenat, je pense, pour aller avec sa carnation de brune, un de ces petits carnets où l'on note pensées et rendez-vous, un beau stylo- elle n'est pas du genre à préférer comme moi, les stylos à quatre couleurs, un ….

Le dos frisonne, les omoplates se rapprochent : elle a froid, elle craint sûrement ces gouttes qui dégoulinent sur sa peau. Mais le pas reste ferme, les talons musicaux, rythmant la marche déterminée.

Où va-t-elle ? Pas au travail apparemment : on ne s'habille pas ainsi pour aller au travail ! Et puis, ce n'est plus l'heure. La journée est déjà bien entamée : dix heures à mon avis, quoique que ce temps gris soit un obstacle pour le déterminer. Visiter une amie ou la rejoindre pour du shopping, un repas commun où s'inviteraient confidences et rires discrets ? Ou un rendez-vous amoureux ? Je n'ose imaginer l'homme qu'elle est partie retrouver : est-il grand et brun, charmeur comme un Italien ? Asiatique et sensuel, capable de la conduire sur des chemins inconnus ? Je le vois bien nordique, grand blond athlétique, les yeux très clairs, presque sans couleur mais un regard où elle pourrait se perdre ou même se retrouver. Je n'en saurais rien, bien sûr puisque ce n'est pas à moi qu'elle se confiera. Et puis, la pluie redouble et elle entre rapidement dans un magasin. Je vais me poster dans le café d'en face. Je suis trempé : je crains de me retrouver une fois encore alité. Je suis souvent malade et ces promenades, en dépit du plaisir qu'elles me procurent, sont à proscrire en cas de mauvais temps. Mais je suis incorrigible.

L'autre jour, j'ai suivi un parapluie arc-en-ciel. Sous le parapluie, une femme. Je n'en voyais d'ailleurs que les jambes potelées qui s'animaient au gré des mouvements de la gabardine beige. Un mouvement preste, leste, comme autonome puisqu'il me semblait que rien d'autre ne bougeait. Le vent s'en mêla et le parapluie se retourna d'un coup. Je pus alors me précipiter, me confondre en prévenance devant cette jolie femme toute en rondeurs, dont le visage poupin s'orna rapidement d'un large sourire. J'en fus bouleversé : c'était à moi qu'on s'adressait. Une voix haut perchée me remercia et le tout s'en fut. Je restai seul sur le trottoir, avec mon parapluie noir, interdit de n'avoir pu placer un seul mot ou lancer peut-être une invitation à boire un chocolat.

Ma timidité maladive me conduit invariablement à la lenteur de mes réactions. Ma mère d'ailleurs me tançait vigoureusement de n'avoir pas encore de compagne, et encore moins d'enfant. Le lendemain, j'étais au lit avec fièvre et mal de gorge.

Une autre fois, j'ai suivi un parapluie qui s'ornait d'un logo souriant. Je n'en dirai pas plus mais il m'a semblé que c'était bon signe. Il pleuvait fort, d'ailleurs et le vent s'était levé, si bien que le parapluie, comme le mien d'ailleurs, se courbait vers l'avant, protégeant ainsi nos visages de l'eau mais obstruant peut-être un peu trop le devant de la rue. Nous marchions vite, elle devant, moi derrière, frissonnant l'un et l'autre. Le manteau qui me précédait dégoulinait de pluie, larges perles qui roulaient sur le lainage. Les bas étaient maculés de cette boue traître qui tapisse l'asphalte. Un véhicule passa trop près et la dame fut immédiatement arrosée. Elle recula d'un bond et se heurta à un piéton qui venait en sens inverse. Celui-ci la recueillit dans ses bras et ils restèrent ainsi sans un mot, sans un geste. J'assistai, impuissant, à un incroyable coup de foudre. Je me souviens du sentiment d'envie que j'ai alors éprouvé.

Cette innocente occupation n'est pourtant pas sans danger. Une fois que je suivais un parapluie orné d'un chat stupide, une jeune fille sûrement, je me retrouvais bientôt dans une ruelle où j'eus à affronter une carrure de catcheur qui m'intima de faire demi-tour, faute de quoi… Je m'enfuis à toutes jambes : j'avais échappé à ce que je redoutais le plus, un guet-apens.

Le plus drôle, je dois l'avouer, c'est le jour du parapluie fuchsia qui déboucha devant moi au détour d'une rue déserte, un parapluie qui dansait véritablement, comme animé par une musique que je n'entendais pas. Une main le faisait tourner puis l'amenait à droite, à gauche, en haut. Je ne voyais qu'un chapeau de feutre assorti et un imperméable beige bien ceinturé. Je m'approchais davantage si bien que j'entendis une voix grêle chanter l'air connu d'une célèbre comédie musicale. J'enviais la gaité et l'entrain de cette dame, la dépassais et fis mine d'avoir oublié quelque chose. Je me retournais pour constater que c'était un jeune homme qui passa ainsi devant moi et me sourit.

Elle sort, la tête tournée vers l'intérieur de la boutique. Enfin, il me semble que c'est elle. Ce qui m'intrigue, c'est qu'elle a revêtu une veste. Mais l'allure, ah oui, l'allure ! La prestance, la cambrure, les jambes ! Elle tourne rapidement la tête : je n'en vois que la brune chevelure coupée au carré, rien de ses traits que je suppose harmonieux. Elle ouvre d'un geste sûr le parapluie jaune. C'est bien elle. Me voilà dehors, sur le trottoir d'en face, l'œil aux aguets. Vais-je enfin savoir qui elle va rencontrer ? Ce mystère contribue à mon excitation. Elle presse le pas, jette un coup d'œil sur le côté : m'a-t-elle repéré ? Je m'arrête devant une vitrine de chaussures, l'observant à la dérobée. Je traverse et reprends mon activité. J'ai un peu froid, et je sens que la gorge me gratte ! Encore un petit quarante comme dit ma mère ! « Tu n'es pas raisonnable, enfin ! ». Je l'entends comme si elle était à mes côtés !

Soudain un éclair m'éblouit dans la vitre. Je ferme les yeux, me retourne. Elle a disparu.

De toutes façons, le beau temps est revenu et je rentre chez moi, en attendant les mauvais jours.

Iconographie

Miroir, mon beau miroir…
William Hodgkins 1952-

Peintre autodidacte anglais

« La femme avant tout »

Il arrive
Ferdinando Scianna 1943-

Photographe sicilien de l'agence Magnum,

Thèmes : les femmes, la Sicile

Site : https://www.magnumphotos.com

« Peintre de l'ambivalence, entre ombre et lumière »

Indiscrétion
John William Waterhouse 1849-1917

Peintre anglais, membre de l'Académie Royale

Style classique

« La littérature et la mythologie, sources d'inspiration »

Un jour, mon prince…
Antanas Suktus- 1939
Photographe lithuanien de la période soviétique
A souvent déjoué la censure
Site : https://www.antanassuktus.com
« Entre subversion et douceur »

Escapade
Henri Matisse 1869-1954
Chef de file du fauvisme
https://www.maison-matisse.com/pages/henri-matisse
« Le pouvoir de la couleur »

Sous le feu du ciel
Sally Cummings
Peintre américaine contemporaine
Peinture au couteau de la vie quotidienne et de paysages
Site : https://www.sallyshisler.com
« De l'impressionnisme contemporain »

La curiosité n'est pas un vilain défaut
R. Kenton Nelson 1954-
Site : https://www. kentonnelson.com
« Le peintre de l'idéalisme californien : imaginer un monde parfait. »

Une dame si parfaite

Marc Keller 1955-

Peintre figuratif américain

Met en scène des musiciens, des noctambules

Site : https://www.kellerstudios.com

« Les couleurs de la vie »

Un si joli minois

Edward Hopper 1882-1957

Met en scène la vie quotidienne, en particulier les relations souvent tendues entre hommes et femmes

Site : https://www.edwardhopper.net

« Une vision désabusée de l'American way of life »

Filature

André Kohn 1972-

Peintre figuratif d'origine russe

Site : https://www.andrekohnfineart.com

« Un des leaders de l'art figuratif contemporain »

Décryptages

Partie 1 : *où l'on voit que le destin est parfois cruel*   1

    1. Miroir, mon beau miroir   2
    2. Indiscrétion   6
    3. Il arrive !   12
    4. Un jour mon Prince   16

Partie 2 : *où l'on voit parfois s'ouvrir des portes*   23

    5. Escapade   24
    6. Sous le feu du ciel   32
    7. La curiosité n'est pas un vilain défaut   38

Partie 3 : *où l'on voit que la vérité est parfois surprenante*   47

    8. Une dame si parfaite   48
    9. Un si joli minois   54
    10. Filature   60

Iconographie   66